UNA MONITA CRECE

por Rita Golden Gelman
Ilustrado por Gioia Fiammenghi

Traducido por Amalia Bermejo

SCHOLASTIC INC.

New York Toronto London Auckland Sydney

Original title: A Monkey Grows Up

ISBN 0-590-46940-1

Text copyright © 1991 by Rita Golden Gelman
Illustrations copyright © 1991 by Gioia Fiammenghi.
Spanish translation copyright © 1993 by Scholastic Inc.
All rights reserved. Published by Scholastic Inc.
MARIPOSA™ is a trademark of Scholastic Inc.

12 11 10 9 8 7 6 5 4 3 2 1   3 4 5 6 7 8/9

Printed in the U.S.A.   08

First Scholastic printing, April 1993
Original edition: March 1991

Los tumbili o monos azules viven en África.
Crecen hasta una altura de unas 18 pulgadas.
Generalmente, pesan entre cuatro y ocho libras.
Los tumbili tienen pelo marrón claro en la espalda,
pelo blanco en el vientre
y sus cejas y mejillas son blancas y peludas.
A los cuatro años ya son adultos.

Los tumbili viven en manadas de 10 a 50 monos.
La mayor parte de los monos de una manada son hembras.
Los machos dejan la manada en que nacen
cuando tienen entre cuatro y cinco años.
Las hembras pasan toda su vida en la misma manada.

Esta es la historia de una monita azul.

Amanecía.

Los elefantes estaban bebiendo en el manantial.

Una manada de impala corría hacia el sol naciente.

Dos jirafas comían las hojas de un eucalipto.

Los monos se desperezaban y mirando a su alrededor,
empezaban el día lentamente.
Una mona estaba agazapada junto a unos arbustos.
Su bebé estaba naciendo.

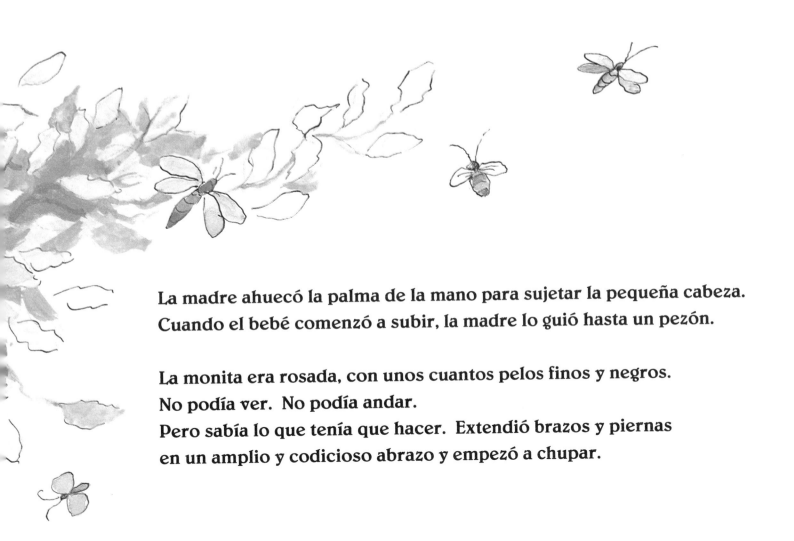

La madre ahuecó la palma de la mano para sujetar la pequeña cabeza.
Cuando el bebé comenzó a subir, la madre lo guió hasta un pezón.

La monita era rosada, con unos cuantos pelos finos y negros.
No podía ver. No podía andar.
Pero sabía lo que tenía que hacer. Extendió brazos y piernas
en un amplio y codicioso abrazo y empezó a chupar.

Durante las primeras semanas, el bebé estaba siempre junto al
pecho de su madre.
La leche de su madre tenía un sabor dulce, como las flores del magnolio.
Día y noche, el bebé se acomodaba junto a su madre y chupaba.

Pero un día la madre la colocó
en el suelo por primera vez.

La monita chilló.

Una hembra joven levantó al bebé.
Echó a correr en círculo.

Entró y salió corriendo de los arbustos.
Después devolvió el bebé a su madre.

Las semanas pasaron
y la monita pasaba cada vez más tiempo
con hembras jóvenes que cuidaban de ella
y de otros monitos.

Aprendió a comer flores dulces
de los magnolios.
El sabor le recordaba a su mamá.
Comía las bayas rojas y blancas de los arbustos.
Aprendió a sacar las semillas
de los frutos del eucalipto.

Pero todavía necesitaba la leche de su madre.

Al llegar las lluvias, la monita se acurrucó
en un árbol con su madre.

Al cesar la lluvia, saltó en el barro
y mordisqueó la hierba tierna.

Y jugó con los otros monitos.

Todavía volvía a su madre en busca de leche,
pero no con tanta frecuencia como antes.

Cuando la monita tenía tres meses y medio,
por fin tenía ya el aspecto de un mono
y su madre sabía que el bebé
ya no necesitaba tanta leche.
Ahora, la monita no obtenía leche
cada vez que quería.
A veces su madre la rechazaba.

Al principio, la monita se enfadaba.
Cogía rabietas.

Pero pronto aprendió que era divertido
arreglárselas por sí sola.

Le gustaba seguir a su hermano mayor.

Se perseguían uno a otro de árbol en árbol.

Saltaban entre los arbustos.

Luchaban con los otros monos.

Y a veces hasta se daban pequeñas mordidas.

La madre les observaba a distancia.
Ella sabía que los monos jóvenes
no luchaban en serio.
Porque cuando los monos juegan
hacen gestos divertidos.

21

La monita aprendía a cazar saltamontes
y a buscar sabrosas larvas bajo piedras y hojas.

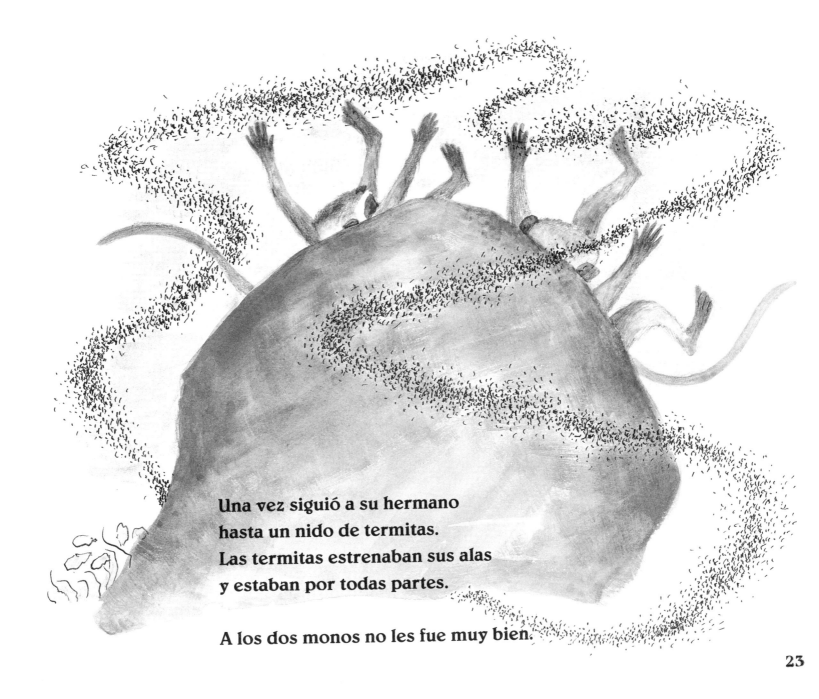

Una vez siguió a su hermano
hasta un nido de termitas.
Las termitas estrenaban sus alas
y estaban por todas partes.

A los dos monos no les fue muy bien.

23

Un día la monita estaba acicalando a su mamá.
Se dice acicalar cuando un mono peina
a otro mono con los dedos,
buscando garrapatas o pulgas.
La monita acababa de encontrar una pulga

24

y metérsela en la boca,
cuando los otros monos empezaron a chillar.
Daban gritos extraños y pavorosos
que la monita nunca antes había oído.

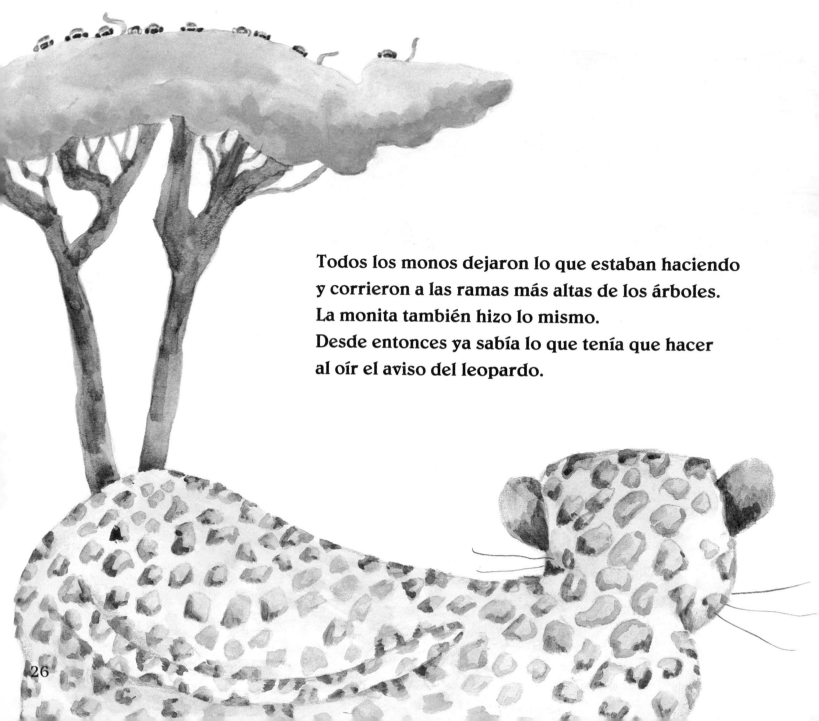

Todos los monos dejaron lo que estaban haciendo
y corrieron a las ramas más altas de los árboles.
La monita también hizo lo mismo.
Desde entonces ya sabía lo que tenía que hacer
al oír el aviso del leopardo.

También aprendió a reconocer el aviso del águila.

Cuando las águilas estaban cerca,

los monos corrían a los arbustos.

A los leopardos y a las águilas les gusta comerse a los tumbili.

Los monos de una misma manada se avisan unos a otros

cuando se acerca un enemigo.

27

Una manada de monos está formada en su mayoría por madres e hijos.
Los monos que viven en la misma manada comparten su territorio,
sus árboles y su comida.

En una manada de tumbili, unas familias son más importantes que otras.
Cuando la monita tenía un año, descubrió que pertenecía
a una familia importante.

Una mañana temprano, vio a una hembra adulta
que comía bayas rojas.
Ella se acercó a coger algunas.
La otra mona levantó los ojos.
Sabía que la monita era
de una familia importante.
La mona adulta refunfuñó.
Después se fue, dejando las bayas
para la monita.

Las manadas de monos no mantienen amistad con sus vecinos.
Un día, la monita vio a un grupo de monos desconocidos
que cruzaba los límites.
Cuatro hembras avanzaron hacia los desconocidos
y les miraron con dureza, fijamente.
Los desconocidos les miraron a su vez.

Después fueron llegando más monos
y comenzaron a mirarles con fijeza también.
Muy pronto, había dos líneas de monos
saltando para arriba y para abajo.
Parecían enojados.
Sacudían las cabezas.
Se lanzaban unos contra otros, pero sin tocarse.
Tres minutos más tarde, los desconocidos se fueron.

Algunos meses después, durante la sequía,
la monita sintió un viento caluroso.
Vio un remolino de polvo que se acercaba a su árbol.

Empezó a toser y se tapó los ojos.

No pudo ver al elefante que buscaba
algunas hojas para comer.

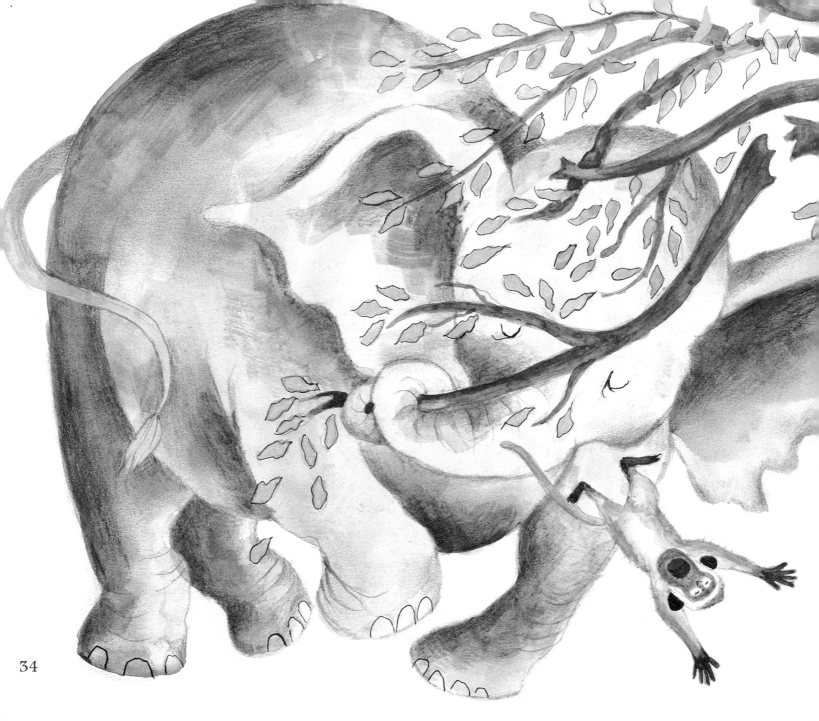

Mientras la monita se ahogaba con el polvo,
el elefante rodeó una rama
con la trompa y tiró de ella.
La monita chocó contra el suelo.
Se puso a chillar.
El elefante se asustó
y empezó a patear.

Por suerte, su hermano mayor estaba cerca.

Una mañana, la monita descubrió
que su hermano se había ido.
Tenía ya cuatro años.
Como todos los machos adultos,
tenía que encontrar una nueva manada
donde podría tener hijos y vivir su propia vida.
Probablemente, la monita no volvería a verlo.

La monita estuvo triste todo el día.

Pero al día siguiente oyó el llanto de un bebé.
De pronto, aunque nunca antes lo había hecho,
la monita corrió hacia el bebé y lo levantó.
Le tocó la cabecita rosada.

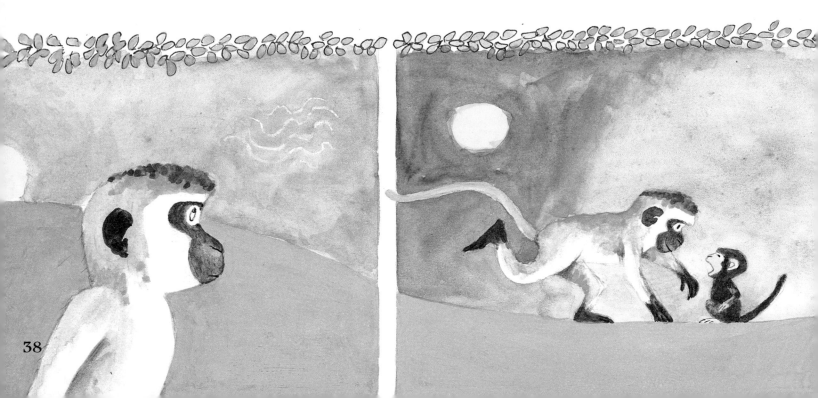

Tocó su espalda.

Tocó sus brazos.

Entró corriendo entre los arbustos.

Salió corriendo otra vez.

En dos años, la monita había aprendido a buscar comida,
a reconocer a los amigos
y a los enemigos.

Ahora ella era casi adulta.
Tenía que aprender a cuidar bebés.